MENCIÓN HONORÍFICA
EN EL PRIMER CONCURSO DE LIBRO ILUSTRADO
A LA ORILLA DEL VIENTO 1996

Primera edición: 1997

Coordinador de la colección: Daniel Goldin
Dirección artística: Mauricio Gómez Morín
Diseño: Joaquín Sierra Escalante

D.R. © 1997, FONDO DE CULTURA ECONÓMICA
Carr. Picacho-Ajusco 227.
Col. Bosques del Pedregal,
14200, México, D.F.

ISBN 968-16-5423-4

Impreso en Colombia
Tiraje: 7 000 ejemplares

VIDA DE PERROS

Isol

LOS ESPECIALES DE

A la orilla del viento

FONDO DE CULTURA ECONÓMICA
MÉXICO

Estos dos somos Clovis y yo.
Él es un perro, pero ante todo
es mi mejor amigo DE VERAS

y no como los otros;
Clovis es ESPECIAL.

De vez en cuando debo preguntarle
a mi mamá:
—Madre, ¿cómo sabes que NO soy
un perro?

Y mami me contesta así:
—Hijo, si fueras un perro
te gustaría embarrarte
en los charcos y correr
ladrando a los autos.

—¿Y qué más?

—Si fueras perro harías
pis en los árboles, y
los chicos de la escuela
se subirían a tu lomo.

—¿Y qué más?

—Bueno…, sacarías
tu lengua muy afuera
y sería grande
y húmeda, y también
aullarías por la noche
sin dejarnos dormir.
¿Ves por qué sé
que no eres un perrito?

Con Clovis no entendemos cómo
mamá está tan segura de todo.

¡Ella dice que NO!

Estos momentos
de confusión nos
duran poco rato.

Enseguida salimos,
como todas las tardes,
a practicar nuestros
juegos preferidos.

Jugar a los vaqueros, ...

a la danza de la lluvia, ...

a los cazadores, ...

a enfriarnos la lengua,

a molestar a las hormigas...

Por la tarde llega la hora de volver a casa

—¡Pero, hijo, estás hecho
una mugre!
¡Mejor te vas al jardín,
y no entres hasta no
sacarte esa ropa roñosa!

—¿Sabes, Clovis?
Algo me dice que el plan
comienza a funcionar...

¿No te parece?

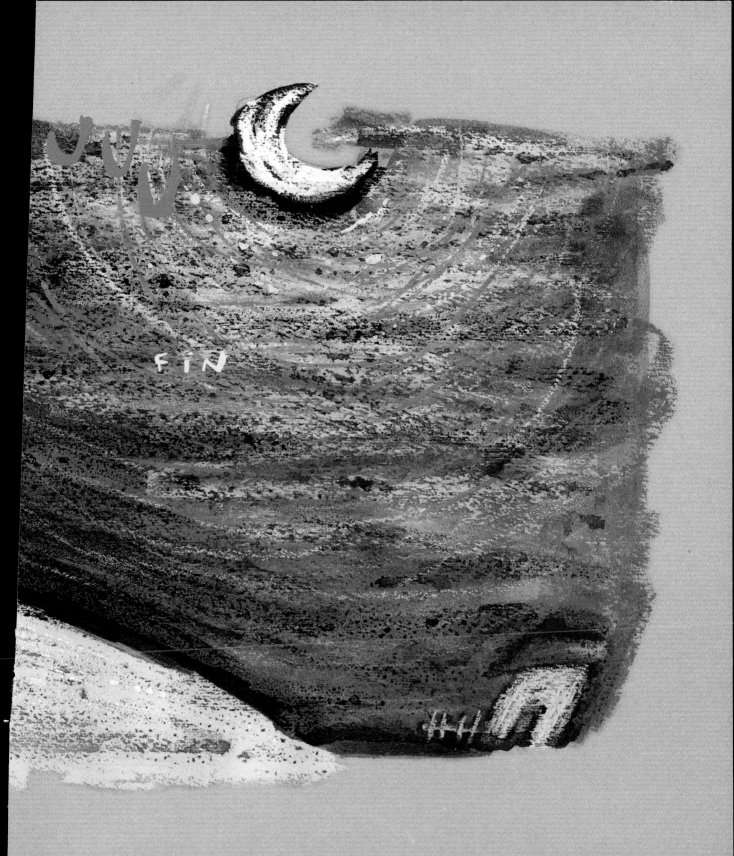

Vida de perros
de Isol
se terminó de imprimir en los talleres
de Panamericana, Formas e impresos, S.A.
en Santafé de Bogotá, D.C.
El tiraje fue de 7 000 ejemplares